J. LEDAY

Nos Qualités

et

Nos Défauts

LECTURES COURANTES

COURS ÉLÉMENTAIRE

PARIS

J. DE GIGORD, Éditeur

RUE CASSETTE, 15

—

1920

Nos Qualités
et nos Défauts

DE GIGORD, Éditeur a Paris
RUE CASSETTE, 15

MAJORATION TEMPORAIRE DE
100 %
DU PRIX MARQUÉ

J. LEDAY

Nos Qualités
et
Nos Défauts

LECTURES COURANTES

COURS ÉLÉMENTAIRE

PARIS

J. DE GIGORD, Éditeur

RUE CASSETTE, 15

1920

PERMIS D'IMPRIMER

Paris 6 Septembre 1919

H. ODELIN.

V. G.

PREMIÈRE LEÇON

LA PIÉTÉ

Enfants, il est un Dieu, les cieux chantent sa gloire ;
Le firmament redit l'ouvrage de ses mains ;
Tout de son nom divin conserve la mémoire,
Il est surtout gravé dans le cœur des humains.

HURAULT.

E morceau de pain frais, doré, appétissant que maman donne pour goûter, avec quelque friandise, n'est pas venu tout seul à la maison, n'est-ce pas, enfants ? C'est le boulanger qui l'a apporté. Le boulanger, lui, l'a fait avec de la farine. La farine provient du blé, dont on voit pendant l'été les épis droits et serrés les uns contre les autres, onduler dans les champs au moindre vent. Et chacun de ces beaux épis chargés de grains nombreux, a été produit par un unique grain semé dans la terre, où il germe et se transforme en une petite plante, qui se développe par la volonté de Dieu. Combien devons-nous être reconnaissants au bon Dieu d'avoir organisé une chose si surprenante pour entretenir notre vie ! Aussi nous devons l'en remercier chaque jour. Nous avons un moyen bien simple pour cela, c'est de remplir nos devoirs envers Lui, c'est-à-dire d'être pieux.

La piété est donc la disposition de notre âme à remplir avec zèle et avec respect nos devoirs envers Dieu, à le prier et à l'aimer de tout notre cœur. La piété, si agréable à Dieu est en même temps avantageuse pour nous; elle nous rend meilleurs. Voyez cette petite fille qui aime tant ses pa-

Elle fait sa prière avec ferveur.

rents, qui les respecte et leur obéit, qui apprend bien ses leçons et travaille avec goût, qui est douce et toujours de bonne humeur : elle possède toutes ces qualités parce qu'elle est pieuse : elle aime et craint Dieu. Matin et soir elle fait sa prière avec ferveur. Elle sait que la prière est le premier devoir du chrétien. Elle avait des défauts : elle les a vaincus par la prière.

« Qu'est-ce qu'un défaut? demande un petit garçon à sa mère :

— Un défaut, répond celle-ci, est quelque

chose de blâmable dans la conduite, une faute dont on prend l'habitude; cela nuit à soi et aux autres, et le bon Dieu le défend. Une qualité, au contraire, est quelque chose de parfait dans la conduite, quelque chose d'aimable, qui dispose bien les autres pour soi, et qui plaît à Dieu. Le bon Dieu bénit les enfants qui s'efforcent de n'avoir que des qualités.

— Quels sont donc nos principales qualités et nos principaux défauts?

— Je veux bien volontiers te les faire connaître. Écoute. Tu vas voir comme les qualités sont aimables, et combien haïssables au contraire sont les défauts. »

Questionnaire. — Qu'est-ce que la piété? — La piété a-t-elle un avantage? — Lequel? — Qu'est-ce qu'un défaut? — Qu'est-ce qu'une qualité?

BONTÉ — MÉCHANCETÉ

BONTÉ

A bonté est l'une des meilleures qualités. C'est un sentiment qui nous porte à aimer et à pratiquer le bien et la justice, à être doux et complaisant avec tout le monde, à aimer même les animaux et à éviter qu'on leur fasse du mal.

Quand Paul passe, chacun le regarde. On dit : « Oh! comme il a l'air bon! Quel charmant petit garçon! Son visage illuminé par la bonté attire. Lorsqu'un de ses camarades a du chagrin, il le console. S'il n'a pas compris quelque chose de la leçon, que lui voit bien, il le lui explique, avec patience. Quels sont ces deux enfants, là-bas, qui ne courent pas avec les autres? C'est un petit garçon qui a mal au pied et Paul qui lui tient compagnie. Et celui-ci tout triste, qui n'a rien à goûter, vous croyez qu'il ne mangera rien? Attendez : Paul l'a vu et il vient partager avec lui son pain et son chocolat. Ah ! le bon petit cœur, comme son papa et sa maman doivent être heureux d'avoir un semblable petit garçon. »

Avez-vous compris, enfants, ce qu'est la bonté? C'est tout simplement ce qui rend la vie aimable. Sommes-nous tristes, inquiets, troublés, il suffit d'une bonne et douce parole pour nous réconforter et nous rendre la paix, d'un regard bienveillant pour nous redonner l'assurance qui manquait. Quand nous sommes découragés, un cœur plein de bonté qui nous

Il le console.

prodigue l'estime et la sympathie est pour nous un refuge assuré.

La bonté, enfants, est la vertu qui nous rapproche le plus du bon Dieu.

MÉCHANCETÉ

La méchanceté est un penchant à faire du mal, à faire souffrir quelqu'un ou un animal. On peut dire que le cœur du méchant est un cœur déformé, car « la première chose que Dieu mit dans le cœur de l'homme est la bonté ». Le méchant l'en a fait sortir.

Est-il avantageux d'être méchant? Pas du tout. Le méchant se nuit à lui-même avant de nuire aux autres. Regardez Henriette, la petite méchante. Ses compagnes la fuient; personne ne veut jouer avec elle. C'est que chacun craint d'être victime de sa méchanceté. Mademoiselle ne supporte point la contradiction; elle ne veut jamais avoir tort; elle veut être la première partout. Pour un oui ou pour un non, elle devient rouge, s'exaspère et frappe brutalement. Un jour, elle faillit crever un œil à sa voisine, en classe, en lui lançant son porte-plume à la figure, sous prétexte que sa voisine la regardait et que cela lui déplaisait. Oh, la vilaine! Souhaitons qu'elle change, car Dieu punit les méchants.

Vous savez, enfants, combien les Allemands ont montré de méchanceté dans la guerre que, sans raison, ils nous ont déclarée et faite en 1914. Dieu soit loué, ils en ont été punis. Ils ont toujours été méchants. « Il était jadis un roi de Prusse qui s'appelait Frédéric, et que ses flatteurs surnommaient le *grand*, parce qu'il avait fait tuer beaucoup d'hommes dans ses guerres ambitieuses et injustes. Ce roi aimait fort les fruits et tout particulièrement les cerises; il en avait d'excellentes dans ses beaux jardins; mais les oiseaux, les moineaux surtout, qui les aimaient aussi, ne lui en laissaient guère. Dans ce pays froid et humide où peu de fruits mûrissent, pour ces petits gourmands qui ne trouvaient pas aux champs assez de dessert, ces belles cerises rouges, *les cerises du roi,* pensez! quelle friandise! Ils ne s'en faisaient pas faute. Si bien qu'un jour, Frédéric furieux résolut d'exterminer tous les moineaux de la Province : récompense promise à qui détruira plus d'oiseaux et apportera plus de nids. Ce fut un affreux carnage; il ne resta plus un seul moineau vivant dans le pays. Belle vengeance! Mais aussi, dès l'été suivant, chenilles et insectes dévorants multipliaient sans obstacle, et faisaient de grands dégâts. L'année d'après, ce fut bien pis encore; ils étaient devenus si terriblement nombreux, que sur une vaste étendue de pays toutes les récoltes furent dévastées; champs

Frédéric furieux résolut d'exterminer tous les moineaux.

et jardins étaient au pillage et les cerises elles-
mêmes ne furent pas plus épargnées que le reste.
Le roi enrageait ; mais que faire ? Il fallut rappeler
les *proscrits*. Donc on envoya au loin de tous
côtés, dans les contrées voisines, chercher des
moineaux vivants pour les apporter et les lâcher
dans le royaume. Naturellement pour en avoir
il fallut les acheter ; et le roi qui avait payé pour
les faire disparaître, dut payer bien plus encore
pour les faire revenir[1]. »

Voilà à quoi, pour satisfaire sa gourmandise,
la méchanceté avait amené Frédéric : faire tuer
les petits oiseaux si gracieux, si utiles, qui sont
non seulement d'actifs destructeurs des insectes
qui rongent les plantes et font un tort énorme à
l'agriculture, mais sont aussi le charme de la
campagne. La méchanceté est toujours punie.

Questionnaire. — Qu'est-ce que la bonté ? — A quoi
sert la bonté ? — Qu'est-ce que la méchanceté ? — Est-il
avantageux d'être méchant ? — Les petits oiseaux sont-ils
utiles ? — Pourquoi ? — Les insectes sont-ils nuisibles ?
— Pourquoi ?

1. *A travers nos campagnes, Histoire des animaux et des
plantes de notre pays,* par Ch. Delon. Paris, Hachette et Cie,
éditeurs.

TROISIÈME LEÇON

TRAVAIL -- PARESSE

TRAVAIL

u'est-ce que le travail? C'est
une peine que l'on prend
pour faire quelque chose
dont on a besoin. Le tra-
vail est indispensable. Tout
dans la nature est livré au
travail. Que fait l'abeille
qui vole d'une plante à l'au-
tre? Elle travaille; elle recueille certaines substan-
ces produites par les fleurs, avec lesquelles elle
fabrique le miel qui sert à sa nourriture, et dont
nous lui dérobons une grosse part. Lorsqu'on nous
donne une tartine de miel pour notre goûter, nous
trouvons cela très bon, n'est-ce pas? Si les abeilles
ne travaillaient pas, nous n'aurions point de miel.
Que font les fourmis qui vont, viennent en tous sens
au bord de la route? Elles se promènent? Non :
elles travaillent. Regardez-les d'un peu près,
vous verrez qu'elles traînent chacune quelque
chose. Ce sont des provisions qu'elles amassent
et vont emmagasiner dans la fourmilière, pour

l'hiver, pendant lequel elles ne trouveront rien. Si elles ne travaillaient pas pendant la belle saison, elles mourraient de faim au temps froid.

Pourquoi, enfants, êtes-vous vêtus chaudement? Parce qu'on a travaillé pour vous : les moutons ont été tondus; la laine a été filée; les

— Creusez, fouillez, béchez.

fils ont été tissés, c'est-à-dire assemblés de manière à faire une étoffe; cette étoffe enfin a été coupée et cousue pour faire vos habits. Si vous dormez bien à l'abri du vent et de la pluie, c'est que de nombreux travailleurs ont construit la maison que vous habitez.

Mais il n'y a pas que des travaux manuels : il

y a aussi des travaux de l'esprit, c'est-à-dire l'étude.
Il faut apprendre d'abord à lire et à écrire, et ensuite beaucoup de choses qu'il est indispensable
de connaître pour pouvoir plus tard gagner sa
vie. Il faut pour cela être docile, c'est-à-dire
vous laisser diriger avec soumission par vos parents et par vos maîtres.

> Travaillez, prenez de la peine :
> C'est le fonds qui manque le moins.
> Un riche laboureur, sentant sa fin prochaine,
> Fit venir ses enfants, leur parla sans témoins.
> Gardez-vous, leur dit-il, de vendre l'héritage
> Que nous ont laissé nos parents :
> Un trésor est caché dedans.
> Je ne sais pas l'endroit ; mais un peu de courage
> Vous le fera trouver : vous en viendrez à bout.
> Remuez votre champ dès qu'on aura fait l'août ;
> Creusez, fouillez, bêchez, ne laissez nulle place
> Où la main ne passe et repasse.
> Le père mort, les fils vous retournent le champ,
> Deçà, delà, partout : si bien qu'au bout de l'an
> Il en rapporta davantage.
> D'argent, point de caché. Mais le père fut sage
> De leur montrer, avant sa mort,
> Que le travail est un trésor.
>
> La Fontaine.
> *Le laboureur et ses enfants.*

PARESSE

Ah ! Quel affreux défaut que la paresse. Voulez-vous voir comment est fait un paresseux ?
Regardez Gaston. Le matin, quand on l'éveille,

il ne peut pas sortir du lit; il se lève en rechi-
gnant, c'est-à-dire en montrant une grande mauvaise humeur. Gaston ne se décide à bien ouvrir les yeux que lorsque sa maman lui apporte son

Il ne peut pas sortir du lit.

chocolat fumant. A-t-il fait convenablement sa
prière du matin? Ce n'est pas sûr. S'est-il bien
débarbouillé? Je crois qu'on a dû l'aider. Il s'èn
va enfin à l'école; mais il s'arrête souvent pour
regarder ce qui se passe et il arrive en retard. Il
prend sa place sous l'œil sévère du maître. Écoute-
t-il la leçon? Oh non : ce n'est pas amusant; il
rêve à une fameuse partie de toupie qui a été
interrompue hier, et qu'il se propose de reprendre
aujourd'hui. Pourtant il faut bien qu'il travaille
un peu. Comme il le fait à regret, ce qu'il lit ne
lui profite guère; quant à ses devoirs ils sont écrits
à la hâte et sans soin. Aussi Gaston est toujours
le dernier de la classe et il est très souvent puni.
Ses parents se désolent d'avoir un petit garçon si
paresseux, qui ne sera bon à rien.

Vraiment je me demande quelle satisfaction l'on

peut éprouver dans la paresse. D'abord un paresseux est toujours triste; il s'ennuie. Essayez de rester pendant une heure les bras croisés, vous verrez comme c'est fatigant. Le travail au contraire donne tant de plaisir lorsqu'on a le courage de l'aimer. Et puis la paresse est un gros péché, c'est la mère de tous les vices. Le paresseux est négligent, sans soin. Il n'a de goût à rien. Il devient menteur, gourmand, méchant. On se détourne de lui. S'il ne change pas, le paresseux, quand il sera grand, tombera dans la misère, c'est-à-dire que n'ayant plus ses parents pour l'entretenir, il mourra de faim, ou il devra mendier son pain pour vivre.

Questionnaire. — Qu'est-ce que le travail? — Pourrait-on vivre si personne ne travaillait? — Quels sont les défauts qui accompagnent la paresse? — A quoi la paresse peut-elle conduire?

VOLONTÉ — ENTÊTEMENT

VOLONTÉ

Lorsque deux choses se présentent à la fois à la pensée d'Élisabeth, qui est une petite fille studieuse, par exemple aller jouer dans le jardin ou rester dans la chambre pour apprendre une leçon difficile, elle réfléchit à ce qu'il convient le mieux de faire. C'est bien tentant d'aller jouer : il fait si beau ; le sable des allées est si doux, le gazon des pelouses est si frais. Oui, mais où trouvera-t-elle ensuite le temps d'étudier sa leçon ? Si le jeu est charmant, il n'est pas moins agréable d'obéir à ses parents et à ses bonnes maîtresses. Alors Élisabeth se détermine résolument. Elle ouvre son livre et étudie sa leçon.

Savez-vous, enfants, comment s'appelle ce pouvoir de choisir et de décider ? On le nomme volonté. Élisabeth a de la volonté. Ne dites pas que c'est une enfant volontaire : ce n'est pas la même chose. Un enfant volontaire est celui qui ne veut obéir à personne et ne veut agir qu'à sa fantaisie.

La volonté est donc la liberté que nous avons de choisir le bien ou le mal. Lorsque, chez une personne, la volonté est constamment dirigée vers le bien, on dit que cette personne a du caractère. L'homme de caractère est toujours estimé et honoré. Ayez la volonté,

Elle ouvre son livre et étudie sa leçon.

enfants, de vous bien conduire et de bien travailler, vous ferez la joie de vos parents qui, sans que vous le sachiez, se privent souvent pour vous élever convenablement et vous faire donner une instruction suffisante, dont personne ne peut se passer.

ENTÊTEMENT

Il ne faut pas confondre l'entêtement avec la volonté. La volonté ne se détermine qu'après avoir réfléchi; l'entêtement est au contraire un refus net sans aucune réflexion.

« Agnès, appelle sa maman, Madame désire t'embrasser. Viens. —Non, répond sourdement Agnès en se retournant. »

« Non », répond sourdement Agnès en se retournant.

En même temps ses lèvres se gonflent, ses sourcils se froncent.

Agnès qui refuse d'être aimable sans savoir pourquoi, montre ainsi de l'entêtement.

Un entêté veut toujours avoir raison. Il veut qu'une chose soit, parce qu'il lui plaît qu'elle soit. Il ne faut pas contrarier un entêté. Quand il ne peut plus répondre, il dit : « Laissez-moi tranquille! »

L'entêtement est une espèce de défaut à l'usage des nigauds. Les entêtés sont insupportables ; ils sont punis souvent cruellement. Écoutez :

« Prenez garde, mes fils, côtoyez moins le bord,
        Suivez le fond de la rivière ;
        Craignez la ligne meurtrière,
    Ou l'épervier plus dangereux encor. »
C'est ainsi que parlait une carpe de Seine
A de jeunes poissons qui l'écoutaient à peine.
C'était au mois d'avril : les neiges, les glaçons,
Fondus par les zéphyrs, descendaient des montagnes ;
Le fleuve enflé par eux s'élève à gros bouillons,
        Et déborde dans les campagnes.
        « Ah! Ah! criaient les carpillons,
        Qu'en dis-tu, carpe radoteuse?
        Crains-tu pour nous les hameçons?
Nous voilà citoyens de la mer orageuse.
Regarde : on ne voit plus que les eaux et le ciel,
        Les arbres sont cachés sous l'onde ;
        Nous sommes les maîtres du monde :
        C'est le déluge universel.
— Ne croyez pas cela, répond la vieille mère :
Pour que l'eau se retire il ne faut qu'un instant.
Ne vous éloignez point, et de peur d'accident,
Suivez, suivez toujours le fond de la rivière.
— Bah! disent les poissons, tu répètes toujours
        Mêmes discours.

Adieu. nous allons voir notre nouveau domaine. »
Parlant ainsi, nos étourdis
Sortent tous du lit de la Seine,
Et s'en vont dans les eaux qui couvrent le pays.
Qu'arriva-t-il ? Les eaux se retirèrent
Et les carpillons demeurèrent ;
Bientôt ils furent pris
Et frits.
Pourquoi quittaient-ils la rivière ?
Pourquoi ? Je le sais trop, hélas !
C'est qu'on se croit toujours plus sage que sa mère ;
C'est qu'on veut sortir de sa sphère.
C'est que... c'est que... Je ne finirais pas.

FLORIAN.
La carpe et les carpillons.

Ajoutons :

C'est que c'étaient des entêtés,
Ces petits carpillons de Seine.
Lorsque les bons conseils ne sont pas écoutés,
Qu'on veut faire à sa tête, on en subit la peine.

Questionnaire. — Qu'est-ce que la volonté ? — Qu'est-ce qu'un enfant volontaire? — Quelle différence y a-t-il entre la volonté et l'entêtement?

CINQUIÈME LEÇON

SINCÉRITÉ — MENSONGE

SINCÉRITÉ

Il ne faut, mes enfants, ni tromper ni mentir,
L'honnête homme toujours dit la vérité pure.
Soit pour vous excuser, soit pour vous divertir,
Ne vous permettez pas la plus faible imposture.

Morel de Vindé.

La sincérité est l'expression de la vérité, et la vérité est la qualité de ce qui est réel. Être sincère, c'est parler avec franchise, c'est dire sans arrière-pensée ce que l'on pense. Il faut toujours être sincère, dire la vérité, même s'il en résulte un dommage pour soi.

Une pauvre femme qui travaillait chez les autres pour gagner sa vie, allait un jour être renvoyée, parce que la maîtresse de la maison la soupçonnait d'avoir volé chez elle une broderie. La maîtresse avait déposé la broderie sur la table, dans la chambre où se trouvait l'ouvrière et elle avait disparu.

« C'est vous qui l'avez prise, malheureuse, s'écria la maîtresse, en s'adressant à l'ouvrière.

— Oh! Madame, vous vous trompez, répondit celle-ci, fort émue; je ne l'ai pas.

— Je n'en crois rien.

Pardonne-moi.

— Je jure que je ne l'ai pas vue.

— Allons donc! je vais vous faire arrêter.

— Oh! fouillez-moi. Vous verrez que je ne suis point coupable.

— Maman! Maman! crie soudain Pauline, la petite fille de la maîtresse, qui jouait dans une pièce voisine et qui accourt : ce n'est pas l'ouvrière qui a pris la broderie : c'est moi. Je l'ai coupée pour habiller ma poupée. Je n'osais pas le dire... pardonne-moi. Et elle pleure abondamment.

— Oh! la détestable enfant, fait la maman. Allez-vous-en, Mademoiselle. Vous n'aurez point de dessert à dîner. » Puis, s'adressant à l'ouvrière, elle lui fit de touchantes excuses et doubla le prix de sa journée de travail.

Pauline pleurait toujours en poussant de gros soupirs.

« Allons, viens m'embrasser, dit sa maman. Je te pardonne parce que tu as été sincère. Va demander à notre bonne ouvrière, injustement accusée, de te pardonner également. Parce que tu as été franche, ma fille, tu as empêché un scandale. »

Vous voyez, enfants, combien la sincérité est importante. Dites toujours la vérité, même si elle vous est désagréable. La sincérité évite les erreurs et les injustices. On aime tant la sincérité qu'on a l'habitude de dire : « Tout péché avoué est à moitié pardonné. »

MENSONGE

Le mensonge est tout acte accompli dans l'intention de tromper. Il peut être fait :

1º Par la parole : « Ce n'est pas moi qui ai crié », déclare Agathe. Or, c'est faux : c'est elle qui a crié ;

2º Par le geste. Le maître cherche le coupable. Adrien, placé en arrière de ses camarades et que ceux-ci ne voient pas, désigne du doigt quelqu'un. Or, c'est faux : c'est justement Adrien le coupable ;

3º Par le silence : « Qui a pris la clé que j'ai laissée sur la table? » demande la maîtresse en classe. Personne ne répond. Or, c'est Aglaé qui a joué avec la clé, et ne sachant plus ce

qu'elle en a fait, reste comme les autres, silencieuse ; elle ne s'accuse pas.

On a dit avec raison que le mensonge est le
marchepied de tous les défauts, c'est-à-dire qu'il
y aide. En effet, comment être gourmand sans

Adrien... désigne du doigt quelqu'un.

mentir : « Oh! la belle poire! fait Paulette.
Je la mangerais bien. Oui, mais si maman me
demande qui l'a prise : il faudra mentir pour
n'être pas punie, car elle m'a défendu d'y toucher. Laissons la poire ; je ne veux point mentir. » Vous voyez bien que le mensonge a été
inventé pour chercher à se disculper d'une faute.
Mais on n'y réussit pas : le mensonge est inutile.
Le mensonge est transparent : on le voit à

travers les paroles que le menteur prononce.
D'ailleurs :

Dieu voit tout, est partout. On a beau se cacher ;
A son œil pénétrant on ne peut se soustraire.
Quand on pèche en secret, ce n'est pas moins pécher.
A l'éternel témoin, gardons-nous de déplaire.

MOREL DE VINDÉ.

Prenez-garde, enfants, si vous vous habituez à mentir pour de petites choses ; si vous cherchez à cacher une maladresse que vous avez faite, vous arriverez peu à peu à mentir pour des choses importantes, et vous vous appliquerez à dissimuler vos défauts. Or, rien n'est laid comme la dissimulation : c'est le mensonge sans cesse en action.

Si le menteur remarquait combien le mensonge a d'inconvénients, il préférerait dire la vérité. Lorsqu'on a menti sur un sujet, il faut être attentif à se rappeler son mensonge de manière à ne pas le répéter différemment quelques jours après. Et puis, il arrive toujours quelque chose qui oblige à faire de nouveaux mensonges pour justifier le premier. Et si encore on a dû dire une partie de la vérité, il faut un soin extrême pour ne point se tromper sur la portion de vérité et le mensonge que l'on a mis ensemble lorsqu'on est interrogé plus tard sur le même sujet. Que d'embarras ! Il arrive le plus souvent que le menteur s'y perd et se couvre de honte et de confusion. Enfin, un menteur

surpris perd l'estime et la confiance de tout le
monde; on ne le croit plus, même lorsqu'il dit
la vérité.

« Au loup! Au loup! A moi! » criait un jeune pâtre,
Et les bergers entre eux suspendaient leurs discours,
Trompés par les clameurs du rustique folâtre.
Tout venait, jusqu'au chien, volait à son secours.
Avant de tant de cœurs éveillé le courage,
Il se mettait à rire : il se croyait bien fin.
« Je suis loup », disait-il. Mais attendez la fin.
Un jour que les bergers, au fond d'une vallée,
Appelant la gaîté sur leurs aigres pipeaux,
Confondaient leurs repas, leurs chansons, leurs troupeaux,
Et de leurs pieds, joyeux, pressaient l'herbe foulée :
« Au loup! Au loup! A moi! » dit le jeune garçon.
« Au loup! » répéta-t-il d'une voix lamentable.
Pas un n'abandonna la danse ni la table.
« Il est sot, dirent-ils; à d'autres la leçon. »
Et toutefois le loup dévorait la plus belle
                De ses belles brebis :
Et pour punir l'enfant qu'il traitait de rebelle,
Il lui montrait les dents et rompait ses habits :
Et le pauvre menteur élevant ses prières,
N'attristait que l'écho : ses cris n'amenaient rien.
Tout riait, tout dansait, au loin sur les bruyères.
« Eh quoi! pas un ami! dit-il, pas même un chien? »
On ajoute, et vraiment c'est pitié de le croire,
Qu'il serrait la brebis dans ses deux bras tremblants;
Et quand il vint en pleurs raconter son histoire,
On vit que ses deux bras étaient nus et sanglants.
« Il ne ment pas, dit-on; il tremble! il saigne! il pleure!
Quoi! c'est donc vrai, Colas! » Il s'appelait Colas.
            « Nous avons bien ri tout à l'heure;
Et la brebis est morte? — Elle est mangée... hélas! »
On le plaignit. Un rustre, insensible à ses larmes,
Lui dit : « Tu fus menteur, tu trompas notre effroi,

Or s'il m'avait trompé le menteur fut-il roi,
    Me crierait vainement : Aux armes ! »

Mme DESBORDES-VALMORE.
Le petit menteur.

Quelle triste et cruelle punition pour le pauvre Colas. Ah! ne mentez pas, enfants.

Questionnaire. — Qu'est-ce que la sincérité? — A quoi sert la sincérité? — Qu'est-ce que le mensonge? — Comment peut-on mentir? — Le mensonge a-t-il des inconvénients?

OBÉISSANCE — DÉSOBÉISSANCE

OBÉISSANCE

BÉIR, c'est se soumettre. L'obéissance est une vertu importante.

« Pourquoi dois-je t'obéir? demande Marthe à sa maman.

— Parce que tu m'aimes.

— Pourquoi dois-je obéir au bon Dieu?

— Parce qu'il est bon et que tu l'aimes. »

N'imaginez pas, enfants, qu'il n'y a que vous qui devez obéir. Tout le monde obéit : l'ouvrier obéit à son patron; le patron obéit à celui qui lui a commandé un travail; le soldat obéit à l'officier; celui-ci obéit au général; le directeur d'un train obéit au chef de gare; celui-ci obéit au directeur de la compagnie, etc. Enfin tout le monde obéit en outre aux lois. Si l'obéissance n'existait pas, ce serait la confusion partout. Pour construire une maison, le maçon obéit à l'architecte qui a tout prévu, sans quoi le maçon voudrait placer les portes, les fenêtres et l'escalier n'importe où, et, n'écoutant que sa fantaisie pour leur donner des dimensions, rien n'irait bien. Et si le menuisier qui fait les portes, les fenêtres et les parquets; si le serrurier qui pose les serrures; si le peintre qui recouvre tout de peinture ou de papier; si le couvreur qui confectionne la toiture en tuiles ou en ardoises,

L'architecte a tout prévu.

arrivaient avec le maçon et prétendaient travailler tout de suite, tous en même temps, comment cela pourrait-il aller? Vous voyez bien qu'il faut que chacun obéisse à un autre.

Et vous, enfants, vous ne voudriez pas obéir? Voyons ce qui se passerait à l'école, si l'obéissance n'existait pas, si chacun ne voulait apprendre que ce qui lui plaît. Ernest dirait : « Moi, je n'aime que la géographie » ; François, lui, préfèrerait l'histoire ; Émile déciderait que seule l'arithmétique l'intéresse ; Maurice n'admettrait que la musique. Les petites filles ne seraient pas moins capricieuses que les petits garçons : « Laissez, Mademoiselle, dirait Hortense, je n'aime pas la couture. — Oh ! de grâce, implorerait Marguerite, épargnez-moi la grammaire. — Je vous en prie, ferait Suzanne, ne me parlez pas des travaux du ménage. — N'insistez pas, gémirait Camille, le calcul me fait horreur. » Et patati et patata..., infortunés maîtres, malheureuses maîtresses, comme ils seraient à plaindre d'avoir à diriger ces gentils petits tyrans. Comment pourraient-ils les instruire? Aussi, enfants, pour faire de vous plus tard de braves petits hommes et de vaillantes petites femmes capables de gagner leur vie à leur tour, comme leurs bons parents, il faut obéir, obéir à votre papa, à votre maman, à vos maîtres ou à vos maîtresses.

Ce n'est pas tout d'obéir : il faut encore bien obéir. L'obéissance doit être volontaire et non pas forcée. Il faut obéir avec grâce, gaiement, sans hésiter. Il y a donc une mauvaise obéissance? Oui, c'est celle qui n'est pas volontaire, celle qui se fait prier. Tenez, comme celle-ci :

« Adrienne, va chercher mes ciseaux.

— Oui, maman. (Elle ne bouge pas.)

« — Eh bien, Adrienne, j'attends.

— Voilà, maman. (Elle ne bouge pas davantage.)

— Ah çà, te moques-tu de moi?

— Voilà, voilà. » (Elle se décide enfin.)

Cette obéissance-là n'est pas aimable. Aussi on ne lui sait aucun gré, c'est-à-dire que comme elle ne donne pas satisfaction entière, on ne songe même pas à la remercier. Au contraire, qui obéit avec empressement, double le prix de son obéissance et gagne l'amitié et la confiance de la personne qui commande. Il y a même de la joie à obéir avec grâce.

DÉSOBÉISSANCE

Désobéir, c'est refuser d'obéir. Oh! que l'enfant qui refuse d'obéir est coupable! Qu'il doit faire de peine à ses parents et à ses maîtres! L'enfant désobéissant, livré à lui, que deviendrait-il? Car

> A ses parents l'obéissance
> N'est pas pour un enfant seulement un devoir;
> C'est sa sûreté, sa défense,
> Au milieu des dangers qu'il ne saurait prévoir.

FIRMIN-DIDOT.

La désobéissance est toujours punie. Charlotte n'est pas une méchante petite fille, mais elle est désobéissante. Il faut qu'elle murmure quand on lui commande quelque chose, et elle a toujours un prétexte pour ne point exécuter ce qu'on la prie de faire.

« Charlotte, lui dit un soir sa maman, reste à la cuisine et ne laisse pas éteindre le feu, pendant que je vais en face, chez la voisine, qui est malade. Je n'y resterai paslongtemps. Ne touche pas à la lampe à essence, c'est dangereux.

— Oui, maman. »

Charlotte s'asseoit auprès du fourneau, mais au lieu de surveiller le feu, la voilà qui s'amuse à lire une histoire dans un beau livre

Une énorme flamme jaillit.

dont son oncle lui a fait cadeau. Le récit devait être intéressant, car Charlotte ne leva le nez qu'à la fin... et le feu était éteint. Alors, à la hâte, elle bourre le foyer de papier, de bois et de charbon, et approche la lampe pour l'enflammer. Tout à coup l'essence se renverse et une énorme flamme jaillit. Affolée, horriblement brûlée, Charlotte

lâche la lampe qui roule à terre. Elle crie, pleure,
appelle au secours. Heureusement sa maman
rentrait. Elle bondit et étouffe la lampe sous un
amas de serviettes.

« Ah! vilaine désobéissante, dit-elle, quand
tout fut fini, te voilà bien punie, hein? »

A la clarté d'une bougie elle pansa la main de
la pauvre Charlotte qui promit de ne plus jamais
désobéir. Elle a tenu parole.

La désobéissance est souvent plus cruellement
punie encore. En voici encore un exemple :

Un imprudent petit poulet,
Désobéissant à sa mère,
Loin du poulailler s'en allait.
A sa mère il ne songeait guère ;
Elle pourtant se désolait.
« Ah! si le renard, pensait-elle,
Ou quelque autre bête cruelle
Le rencontre, hélas ! il mourra. »
Or, le renard le rencontra.
« Monsieur Poulet, c'est une joie
Pour moi de vous trouver ici,
Quel heureux hasard vous envoie?
— Il faisait beau, je suis sorti
Malgré ma mère qui s'entête
Toujours pour des peurs sans raison,
A me garder à la maison ;
Mais moi, j'aime agir à ma tête.

— Et vous avez bien fait de braver le danger,
Je n'aurais aujourd'hui, sans vous, rien à manger. »

Et se jetant sur la volaille
Qui piaille,

Il la dévore en un moment.
La désobéissance avait son châtiment.

L. RATISBONNE.
Le Poulet désobéissant[1].

Questionnaire. — Qu'est-ce qu'obéir? — Comment doit-on obéir? — Qu'est-ce que désobéir? — Qu'est-ce que l'on gagne en obéissant? — Risque-t-on quelque chose à désobéir?

1. L. Ratisbonne, *La Comédie enfantine*. Paris, Ch. Delagrave, éditeur.

DOUCEUR — COLÈRE

DOUCEUR

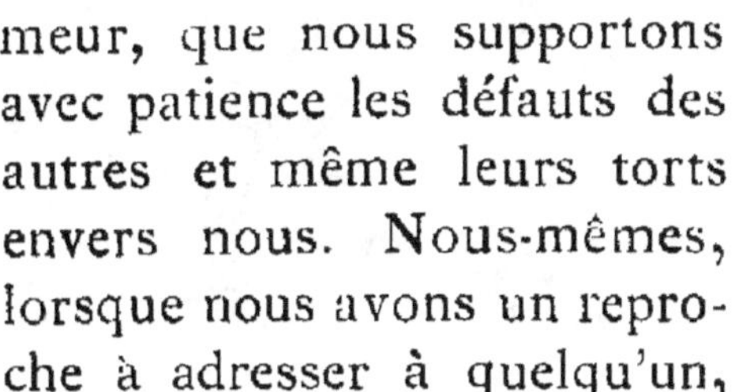

A douceur est une qualité qui fait que nous sommes toujours de bonne humeur, que nous supportons avec patience les défauts des autres et même leurs torts envers nous. Nous-mêmes, lorsque nous avons un reproche à adresser à quelqu'un, animés par la douceur, nous le faisons avec calme, sans aigreur, comme à regret. La douceur nous est enseignée par Notre-Seigneur Jésus-Christ, qui a dit : « Apprenez de moi que je suis doux et humble de cœur et vous trouverez le repos de vos âmes. » La douceur, en effet, a le don d'apaiser la colère et de ramener la paix. « Plus fait douceur que violence. »

Léon est un petit garçon que l'on cite comme un modèle de bon caractère, c'est-à-dire un modèle de douceur. Aussi tout le monde l'aime : ses parents, ses maîtres et ses petits camarades. Lorsque Léon est réprimandé, il accepte avec respect l'observation qui lui est faite, sans montrer aucune mauvaise humeur ; il s'excuse et il promet de se corriger ! Il se corrige en effet. Dernièrement, à l'école, pendant la récréation, une dispute s'élève entre deux de ses camarades, qui, tous deux, rouges de colère, se menacent et se montrent le poing. On dirait qu'ils vont se déchirer. Léon qui

— Tiens, voilà pour toi !

est la bonté même, souffre de les voir dans cet état ; il s'approche et tente de les réconcilier. Mais cela ne convient point à nos champions qui tournent leur colère contre Léon et lui crient à la fois : « Cela ne te regarde pas ! » Léon persiste aimablement à vouloir les séparer.

« Ah ! c'est comme cela ! fait l'un des deux polissons. Tiens, voilà pour toi ! » Et sa main s'abat sur la joue de Léon. L'autre éclate de rire. Croyez-vous que Léon qui a subi cet outrage va se venger ? Pas du tout. Une tristesse fugitive passe sur sa figure, puis il essaie de sourire et dit :

« Bon, c'est moi qui reçois la gifle. Merci bien. Alors la lutte est terminée : donnez-vous la main. »

Tant de mansuétude, c'est-à-dire de douceur inépuisable, désarme enfin les combattants. Ils ont maintenant honte de leur conduite et celui qui a frappé Léon lui demande pardon. Léon leur serre à tous deux les mains; tout est fini. Voilà le fruit de la douceur.

COLÈRE

La colère est l'un des plus graves défauts. C'est un gros péché. C'est une émotion subite, suivie d'une irritation violente; la raison semble avoir disparu. Les veines du cou se gonflent; le sang monte à la tête. Les traits du visage deviennent durs, les yeux sont effrayants. Celui qui s'est laissé envahir par la colère ne connaît plus personne : il est comme un fou furieux qui crie et frappe à tort et à travers.

Irma revenait un jour de l'école où, dans la classe, elle avait été une cause de trouble et de dissipation. Aussi son cahier de notes contenait-il une observation sévère de la maîtresse.

« Ah! tu te conduis ainsi, dit sa maman. Eh bien, comme il n'y a pas classe tantôt, j'avais projeté de te faire faire une belle promenade en voiture. Vous ne la ferez pas, Mademoiselle, et vous ne sortirez que lorsque vous aurez ourlé ce mouchoir. Allez travailler dans votre chambre! »

Irma, toute rouge, frémissante, s'en va sans répondre. La colère monte dans son cœur. Pan! Pan! elle tape les portes; elle saisit brusquement sa corbeille à ouvrage et s'asseoit. Elle tremble tellement qu'elle ne peut pas enfiler son aiguille; elle y parvient cependant. Voilà maintenant que son fil se noue; rageusement elle tire, et casse le fil et l'aiguille. Exaspérée elle se lève et bouscule tout : la chaise qui tombe à

— Regarde ton visage.

terre, la commode qu'elle ouvre avec fracas pour y jeter son ouvrage et sa corbeille. Car elle ne veut plus travailler. Le ruban de ses cheveux s'accroche à un vase placé sur le meuble; elle l'enlève si violemment que le vase tombe et se brise. Elle est furieuse. Elle piétine et s'arrache les cheveux. Elle fait un tel vacarme que sa mère accourt.

« Oh! la charmante petite fille! fait-elle. Regarde ton visage. » Et la prenant par les épaules, elle la place devant l'armoire à glace. Irma est épouvantée, car elle est horrible à voir; et aussitôt sa colère tombe. Elle pleure maintenant et se jette dans les bras de sa maman en lui demandant pardon. Elle dut reprendre son ouvrage et ourler son mouchoir; c'est à cette condition qu'elle fut pardonnée. Mais le temps perdu ne se rattrape pas. Il était trop tard pour sortir : Irma se passa de promenade.

Voilà à quoi conduit la colère. Ne vaut-il pas mieux être patient et doux? Tenez, voici un bon moyen pour éviter la colère. La sentez-vous venir? Appelez votre ange gardien : « A mon secours, bon ange! » Et adressez-lui la petite prière suivante :

> Ami de l'enfance,
> Bon ange gardien,
> Deviens ma défense
> Et sois mon soutien.
>
> J. GENNEAU.

Car nous avons chacun un ange gardien que le bon Dieu, dans son infinie bonté, nous a donné pour veiller sans cesse sur nous.

> Tout mortel a le sien : cet ange protecteur,
> Cet invisible ami veille autour de son cœur,

L'inspire, le conduit, le relève s'il tombe,
Le reçoit au berceau, l'accompagne à la tombe.

LAMARTINE.

Questionnaire. — Qu'est-ce que la douceur? — Qu'est-ce que la colère? — Peut-on arrêter sa colère? Comment?

HUMILITÉ — ORGUEIL

HUMILITÉ

’HUMILITÉ est une vertu qui nous donne le sentiment de notre faiblesse et qui réprime en nous les manifestations de notre orgueil.

L'humilité est la source de toutes les vertus chrétiennes.

Qu'un enfant humble est aimable !

Telle est Yvonne. Elle est douce, patiente, toujours de bonne humeur. Son maintien est calme, réservé. Elle écoute sans interrompre quand on lui parle ; elle obéit en souriant. Jamais elle ne fait de peine à ses compagnes ; elle ne boude pas. Elle est cha-

Elle partage son goûter.

ritable; elle partage son goûter avec celle qui n'a rien; on l'a vue même un jour à côté d'une fillette mise au pain sec par punition, manger elle aussi volontairement son pain sec pour que cela semble moins pénible à la petite coupable. Elle est sage en classe; elle étudie bien ses leçons et fait ses devoirs avec soin. Ses parents sont riches, mais elle ne dédaigne personne; elle affectionne au contraire ses compagnes pauvres et leur rend de petits services. Enfin elle est modeste : elle ne se vante jamais.

Quel est donc le secret d'Yvonne, demanderez-vous, pour arriver à une telle perfection qui la fait rechercher et aimer de tout le monde? Il est bien simple : elle est humble. Tâchez, enfants, de ressembler à Yvonne.

ORGUEIL

L'orgueil, vice cruel que l'homme sage évite,
Consiste, mes enfants, à n'attacher de prix
Qu'à soi, qu'à ses talents, qu'à son propre mérite,
En montrant au prochain un offensant mépris.

MOREL DE VINDÉ.

L'orgueil est une opinion trop avantageuse de soi-même. Un orgueilleux n'estime que soi; il cherche à se parer des talents et des vertus des autres. Le paon représente bien l'orgueil. Regardez-le, le cou gonflé, l'aigrette au vent, la queue ouverte en éventail, étalant son plumage étincelant, il a l'air de dire : « Admirez comme je suis beau, d'une beauté supérieure à celle de tous les oiseaux du monde. » Ce sot oiseau a aussi l'air de croire que son plumage est son œuvre, tandis qu'il l'a reçu du ciel. Allez vous promener dans un jardin public, vous y verrez quelquefois des enfants qui sont orgueilleux comme des paons. Tenez, observez le petit Jacques, habillé de velours et de dentelles. Il est raide, fier; il ne parle pas à tout le monde, c'est-

— N'y suis-je point encore?

à-dire à tous les petits garçons qui viennent jouer comme lui au jardin. Un jour, il surprend un de ses camarades qui l'a quitté pour jouer avec un petit garçon qu'il ne connaît pas. Il s'approche et dit en faisant la moue : « Comment, tu joues avec ce petit malheureux dont la veste est rapiécée! Vois donc ses gros souliers et sa casquette usée... Tu n'as pas honte?

— Mais non, répond l'autre; il est plus gentil que toi : on peut le toucher sans qu'il crie qu'on va le salir; et puis il m'a donné du chocolat. Je l'aime bien. » Honteux, Jacques tourna le dos à son ami et s'en alla, pleurant de dépit. Il arrive toujours un moment où les orgueilleux sont punis. Écoutez encore cette histoire :

Une grenouille vit un bœuf
Qui lui sembla de belle taille.
Elle, qui n'était pas grosse en tout comme un œuf,
Envieuse, s'étend, et s'enfle et se travaille
Pour égaler l'animal en grosseur ;
Disant : « Regardez bien, ma sœur,
Est-ce assez ? Dites-moi ; n'y suis-je point encore ?
— Nenni. — M'y voici donc ? — Point du tout. — M'y voilà.
— Vous n'en approchez point. » La chétive pécore
S'enfla si bien qu'elle creva.
                    LA FONTAINE.
          La Grenouille et le Bœuf.

Voilà où conduit l'orgueil. Un orgueilleux dit qu'il est capable d'égaler la force et le talent d'autrui, sinon de les surpasser ; s'il a la sottise de vouloir le prouver, il en éprouve toujours un vif dommage. La grenouille, elle, en est morte.

Questionnaire. — Qu'est-ce que l'humilité ? — Quel est l'avantage de l'humilité ? — Qu'est-ce que l'orgueil ?

CONTENTEMENT — ENVIE

CONTENTEMENT

E contentement est la satisfaction du cœur. On peut être content pour plusieurs raisons. On est content parce que l'on fait une belle promenade ; parce que l'on reçoit des friandises ; parce que l'on fait une bonne partie, etc. On est content aussi, lorsque l'on a bien récité une leçon, ou fait un devoir sans faute. On est content surtout lorsque son papa ou sa maman ou quelqu'un que l'on aime, qui a été gravement malade, est guéri. Il y a encore le cas où l'on est content de sa position, de son sort, c'est-à-dire qu'on n'envie pas ce que possèdent les autres. Il y a enfin un autre contentement : c'est le contentement de soi. Celui-ci prend sa source dans la conscience. Il est la récompense du devoir, surtout si le devoir a été accompli dans une circonstance difficile. Le devoir est ce à quoi on est obligé par la conscience. Dans ce cas on éprouve une satisfaction, une joie intime qui se reflète sur le visage. Au contraire, celui qui n'a pas fait son devoir est inquiet, son regard est fuyant.

Voici deux petits garçons qui arrivent à l'école. Examinez-les bien. L'un, François, porte la tête haute sans raideur; il est souriant; ses yeux limpides regardent bien en face; il est doucement joyeux. L'autre, Thomas, marche la tête basse; il évite le regard quand on lui parle. Pourquoi ces deux attitudes si différentes? Je vais vous le dire.

- Oh! prenez mon goûter.

A François, sa maman avait donné pour la manger en chemin, une tarte aux cerises. Il l'avait mise d'abord dans son panier. Il se faisait à l'avance une fête de ce régal. Mais, à peine dehors, il voit sur un banc un petit pauvre qui pleure. Il s'approche et lui demande ce qu'il a. « J'ai faim, répond le misérable enfant : je n'ai pas mangé depuis hier matin.

— Oh! prenez mon goûter alors, et même ma tarte aux cerises! » s'écrie François, en lui mettant le tout dans les mains. Et il se sauve pour ne point arriver en retard en classe.

A Thomas aussi il est arrivé une aventure, mais une aventure déshonorante. En passant près d'un marchand de bonbons, pendant que personne ne le regardait, il a plongé sa main dans un bocal et s'est sauvé.

A François, sa conscience lui murmure : « Bravo! tu as du cœur! »

A Thomas, sa conscience lui crie : « Malheureux, tu as volé! »

Est-ce donc bien difficile de faire son devoir? Non. Essayez, enfants, avant de vous endormir, de vous rappeler ce que vous avez fait de bien ou ce que vous avez fait de mal dans la journée; et interrogez votre conscience. Ah! comme vous vous endormirez paisiblement, et comme vous vous reveillerez le lendemain calme et heureux, si votre conscience est satisfaite! Ah! comme vous serez mal à l'aise, au contraire, si votre conscience blàme votre conduite! Chacun sait donc toujours où est son devoir. Voilà un bon moyen d'étre content de soi.

ENVIE

L'envie est un mauvais sentiment qui rend triste devant la supériorité du prochain, dispose mal à son égard. L'envieux enrage du bonheur et du succès des autres; leur peine, au contraire, fait sa joie.

Théodore et Jean habitent la même maison.

Leurs parents sont de bons amis. Il s'en faut que les enfants le soient également, ou du moins Théodore s'éloigne le plus qu'il peut de Jean. Pourquoi? Parce qu'il en est jaloux. Théodore et Jean, du même âge, sont, à la même école, dans la mêmeclasse, mais Théodore est constamment dans les derniers, tandis que Jean se maintient toujours dans les premiers.

Le pauvre petit pleure.

Théodore ne peut souffrir les succès de Jean; il se fait un chagrin de ses mérites. Toutes les supériorités de Jean l'irritent. Sa bonté même le blesse. Aussi il boude son petit camarade. L'envie finit par conduire Théodore à commettre une action abominable.

« Ah! ça, lui demande un jour son père, pourquoi ne veux-tu plus jouer avec Jean?

— Parce que c'est un voleur.

— Hein!

— Il m'a volé l'épingle de cravate que maman m'avait donnée.

— Oh! c'est trop fort. Nous allons voir. »

Et, courroucé, le papa de Théodore monte avec son fils chez son voisin. Il rapporte l'accusation et réclame l'épingle. Jean est appelé! Son père lui reproche sévèrement sa conduite. Le pauvre petit pleure. Il dit que Théodore se trompe. Il jure qu'il ne lui a rien pris. Le papa de Théodore n'en croit rien; il se retire froidement. Pendant ce temps, la maman de Jean fouille partout. Elle met tout sens dessus dessous, mais ne trouve rien.

« Cette affaire est bien fâcheuse, fait-elle; enfin nous n'y pouvons rien. J'ai confiance dans mon petit garçon. »

Les choses en restèrent là. Les deux familles ne se fréquentaient plus.

Quelques jours après, à l'appartement où habite Jean on sonne. C'est la maman de Théodore, tenant celui-ci par la main.

« Jean est un honnête enfant, Madame, dit-elle tristement, tandis que Théodore est un polisson. J'ai retrouvé l'épingle cachée dans la commode. Il a accusé faussement son camarade. Il vient lui demander pardon. »

Théodore pleurait. Tout à coup deux petits bras entourent son cou et on l'embrasse. C'est Jean qui n'a pas de rancune et lui dit : « N'en parlons plus. Viens voir mon beau jeu de patience. » Et la paix fut faite. Tout de même la leçon a profité à Théodore; il s'est corrigé. Il n'envie plus personne et il travaille. Il a déjà, en classe, rattrapé la moitié des places.

L'envie est un mauvais sentiment qu'il faut chasser de son cœur si l'on ne veut pas s'exposer à commettre mille sottises.

Questionnaire. — Qu'est-ce que le contentement? — Indiquez quelques raisons d'être content? — Comment est-on content de soi? — Qu'est-ce que l'envie?

MODESTIE — SUFFISANCE

MODESTIE

A modestie est une aimable simplicité dans l'habillement, dans les manières et dans la conversation. C'est un bon sentiment qui porte à ne pas être remarqué; à ne parler de soi qu'avec réserve. La modestie ne dispute à personne les avantages de la beauté, de l'esprit, des talents. La modestie fait la charité et le bien dans l'ombre; elle cache ses actes méritoires pour n'être point exposée à l'admiration. La modestie enfin est l'ennemie de l'amour-propre, qui est l'estime exagérée que l'on a de soi-même. Ceux qui sont affligés d'un amour-propre excessif cherchent à persuader les autres qu'ils ont beaucoup de qualités. Ils détestent la supériorité du prochain.

Julie a reçu du bon Dieu plusieurs avantages : elle a une charmante figure; elle est toujours de bonne humeur; elle est intelligente : elle est, en effet, toujours dans les premières de sa classe;

elle joue déjà bien du piano; elle est habile à faire les petits ouvrages les plus difficiles; elle chante agréablement. C'est enfin, comme on dit, une petite fille accomplie. Croyez-vous qu'elle tire vanité de tous ces dons? Non, elle est bien trop modeste pour cela. Elle s'efface, au contraire, quand elle pourrait briller. Elle est douce, bonne, affectueuse avec toutes ses compagnes. Elle feint souvent l'ignorance pour ne point les blesser par sa supériorité. Il y a dans sa classe une fillette, Angèle, dont les parents, d'honnêtes ouvriers, ne sont pas heureux; ils travaillent beaucoup et se privent pour l'envoyer à l'école. Angèle qui le sait, travaille avec ardeur. Un jour, un des protecteurs de l'école met à la dis-position de la première classe dont font partie Julie et Angèle, un prix de cinquante francs, qui sera donné à celle qui aura fait la meilleure composition sur un sujet qu'il a indiqué. Les élèves sont en classe, elles travaillent. Julie est justement auprès d'Angèle. Elle suit des yeux la copie de sa voisine et corrige de temps en temps la sienne qui est achevée. Comment, pen-serez-vous, Julie se permet de copier le travail d'Angèle? C'est honteux! Vous n'y êtes pas. Les compositions finies sont recueillies et en-voyées au bon protecteur qui a demandé à les classer lui-même. Il revient deux jours après et il dit :

« Mesdemoiselles, vous avez toutes bien tra-vaillé. La meilleure copie est celle de Mlle Angèle.

C'est à elle que revient donc le prix promis. Approchez, Angèle. »

Celle-ci, toute rougissante, toute heureuse, se lève et vient recevoir un beau billet de cinquante francs, tout neuf. Et après avoir été embrassée, elle regagne sa place.

« La seconde copie, reprend le protecteur, est celle de Mlle Julie; elle vaut presque la première... vous avez eu tort, Mademoiselle, de corriger sans raison à tort et à travers. Votre premier travail était très bon : vous l'avez gâté, sans cela vous eussiez été la première. Je veux vous récompenser tout

--- Oh! j'ai compris votre générosité.

de même. Voici vingt francs pour la seconde place. » Julie tremble un peu en remerciant; elle n'a pas son assurance habituelle. Le protecteur se retire et les élèves se lèvent, tout le monde sort. La maîtresse fait signe à Julie d'attendre. Elle lui dit :

« Mon enfant, je vous félicite. A votre excellente modestie, vous joignez un cœur d'or. C'est bien.

— Madame...

— Oh! j'ai compris votre générosité.

— Mais...

— Vous avez volontairement glissé quelques fautes dans votre composition pour laisser le prix à Angèle. Je vous en fais mon compliment. Je dirai à vos parents combien ils peuvent être fiers d'avoir une petite fille comme vous. Allez. »

Et elle l'embrassa.

La modestie seule, enfants, est capable d'un tel sacrifice. La modestie est une vertu agréable à Dieu qui crée le contentement de soi et fait le bonheur des autres. Tout le monde l'aime.

SUFFISANCE

La suffisance est une sotte vanité, une présomption impertinente et insupportable. C'est l'amour-propre poussé au plus vif excès. Si l'amour-propre est une opinion trop avantageuse qu'on a de soi, la suffisance est une admiration ridicule de soi-même. Avez-vous vu un dindon faire la roue, c'est-à-dire étaler sa queue en éventail, comme le paon? Le paon orgueilleux a au moins la beauté du plumage, lui. S'il porte la tête haute, c'est qu'elle est surmontée d'une jolie aigrette; s'il gonfle son cou, c'est qu'il est garni d'un collier de plumes d'un bleu magni-

fique. Mais le dindon... Il est lourd, mal fait;
son plumage uniforme est d'un noir sale; sa
tête est nue; à son bec, pend une peau disgra-
cieuse. Il se croit tout de même superbe. Plein
de suffisance, il veut montrer ses grâces. Les
gens suffisants sont de véritables dindons. Ce
sont des niais.

La suffisance mène à l'effronterie qui est le
mépris des
usages de la
politesse et
des règles
de la bien-
séance, c'est-
à-dire de ce
qui est con-
venable.
L'effronterie
est une har-
diesse dans
les paroles,
dans les ges-
tes, dans le
regard mê-
me, que l'on
ne voit ja-
mais chez les
gens bien
élevés.

— Je n'ai pas le temps.

Léopold est un effronté. Dernièrement il traver-
sait la rue au moment où des voitures nom-

breuses, embarrassées les unes dans les autres, circulaient difficilement. Une dame âgée qui se trouvait au milieu d'elles, manifestait une grande inquiétude. Elle aperçoit Léopold.

« Voulez-vous me donner la main, s'il vous plaît, mon ami? lui demande-t-elle. — Je n'ai pas le temps », répond le garnement. Et il continue son chemin. Il aurait mérité une belle correction, n'est-ce pas? Car on doit toujours être poli et aider les gens âgés.

Léopold se mêle de ce qui ne le regarde pas. Il veut prendre part à la conversation. Un jour ses parents avaient prié un monsieur et une dame à dîner.

« Comment trouvez-vous ce poisson? interroge la maîtresse de la maison.

— Pas fameux, maman, répond Léopold.

— Je vais t'envoyer dîner à la cuisine, fait son père; prends garde à toi.

— Laissez donc, fit l'un des invités, c'est un petit espiègle. »

On prit le parti d'en rire. Un peu plus tard, l'ami du papa de Léopold racontait une aventure qui lui était arrivée...

« Croyez-vous, dit-il à un moment, que je ne pouvais pas dire un mot...

— C'est pourtant pas malin, interrompt Léopold. On vous avait donc aussi empêché de parler, vous? »

Cette fois c'en est trop. Son papa se lève, le saisit par un bras et le traîne hors de la salle à manger, en disant : « Allez-vous-en, petit mal élevé; allez vous coucher! »

Et il ferme la porte sur lui.

Léopold fait le désespoir de ses parents. Il se croit un petit personnage, car il a été malheureusement très gâté. Ayant de la suffisance, il est devenu de plus en plus effronté. S'il ne se corrige pas, tout le monde le fuira.

Questionnaire. — Qu'est-ce que la modestie? — Qu'est-ce que l'amour-propre? — Qu'est-ce que la suffisance? — Qu'est-ce que l'effronterie?

DISCRÉTION — CURIOSITÉ

DISCRÉTION

A discrétion ressemble un peu à la modestie. C'est une réserve dans les paroles et dans les actions pour ne point manquer à la bienséance. C'est aussi l'habitude dans la conversation de ne parler pas plus qu'il ne faut ou de garder même le silence au besoin.

Bernard est un petit garçon que l'on aime parce qu'il est discret. Lorsque deux de ses camarades causent entre eux, près de lui, il s'éloigne pour ne pas entendre ce qu'ils disent. S'il se trouve avec de grandes personnes en conversation, il reste silencieux sans montrer d'impatience ni d'ennui; il ne prend la parole que s'il est interrogé. Il ne rapporte jamais ce qu'il a vu ou entendu par hasard, car on lui a appris qu'une chose semblable est une lâcheté : on la nomme délation. Il sait que celui qui dénonce secrètement la faute d'un de ses camarades, commet lui-même une faute, et que cela

est le fait d'un envieux et d'un méchant. La délation grossit la faute et fait souvent plus de tort que la faute n'en mérite. Et puis le délateur peut se tromper contre quelqu'un qui ne peut pas se défendre. Quelle responsabilité pour lui.

Il s'éloigne pour ne pas entendre.

La discrétion attire la sympathie et la confiance. C'est une charmante qualité. On aime les gens discrets.

CURIOSITÉ

Il y a deux sortes de curiosités :

1° La curiosité légitime, nécessaire, qui est le désir d'apprendre, de savoir, c'est-à-dire d'être instruit.

2° La curiosité blâmable, qui est le désir de connaître ce qui ne nous regarde pas. Cette curiosité-là naît généralement de la jalousie.

Qu'est-ce que la jalousie? C'est une chose bien

laide. C'est la crainte de ne pas obtenir ce qu'un autre a obtenu; c'est l'ennui de ne pas posséder ce qu'un autre possède. Noémie a ce vilain défaut. Elle est jalouse et donc curieuse. Elle écoute aux portes; elle regarde la lettre qu'écrit une compagne; elle essaie de savoir ce que disent les personnes qui parlent entre elles. On l'a vue fouiller dans les affaires de sa voisine et lire une lettre que celle-ci avait reçue. Agacées par ses indiscrétions, ses compagnes voulurent lui donner une leçon. Elles confectionnèrent une lettre pour l'une d'elles et la mirent à la poste. Le lendemain, à la récréation, la surveillante appelle :

« Mlle Gertrude, une lettre pour vous.

— Merci, Mademoiselle... Je la lirai tout à l'heure. » Et, mettant la lettre dans sa poche, elle passe en courant devant Noémie, pour reprendre le jeu interrompu. A ce moment, toutes les élèves s'étaient retournées exprès du côté opposé. Et, d'une manière toute naturelle, comme si elle la perdait, Gertrude laissa tomber sa lettre aux pieds de Noémie. Aussitôt, celle-ci croyant qu'on ne la regarde pas, se baisse et saisit la lettre; puis, sans avoir l'air de rien, elle brise l'enveloppe et lit.

Oh! la malheureuse! Quelle action coupable elle commet, n'est-ce pas? Elle ne sent donc pas combien cela est malhonnête? Ah! que la curiosité fait faire d'abominables choses qu'on regrettera plus tard.

Tout à coup Noémie devient rouge comme une cerise; elle tremble. Elle déchire la lettre en morceaux. Mais, levant la tête, elle aperçoit ses compagnes qui la regardent, et elle pleure de dépit.

Voici ce que contenait la lettre :

« Mademoiselle,

Je suis peut-être indiscret, mais comme vous n'êtes pas ennemie de l'indis-

Elle brise l'enveloppe et lit.

crétion, je vous prie de me dire quel plaisir procure la curiosité? Est-ce qu'il est agréable de surprendre les secrets de quelqu'un? A quoi cela peut-il servir? Est-on bien avancé lorsqu'on a lu une lettre qui n'est pas pour soi? Il me semble que c'est un vol. Qu'en dites-vous? Quels reproches doit adresser la conscience! Prenez garde : la curiosité est toujours punie. »

Noémie comprit qu'on avait découvert son

défaut et qu'on s'était moqué d'elle. Elle resta à bouder dans son coin. Ses compagnes heureusement n'étaient pas méchantes; elles eurent même le regret de lui avoir donné une leçon si sévère. L'une s'approcha d'elle et lui dit :

« Noémie, viens avec nous, tout est oublié. »

Depuis ce jour, Noémie a complètement changé. Elle n'est plus ni jalouse ni curieuse. Elle charme au contraire tout le monde par sa douceur, sa générosité et sa franchise.

Questionnaire. — Qu'est-ce que la discrétion? — Qu'est-ce que la délation? — Qu'est-ce que la curiosité légitime? — Qu'est-ce que la curiosité blâmable? — Qu'est-ce que la jalousie?

ATTENTION — LÉGÈRETÉ

ATTENTION

L'ATTENTION est une application de l'esprit à quelque chose, par exemple à une leçon à apprendre. En lisant sa leçon avec une grande attention, on en saisit bien le sens, et la mémoire en garde plus facilement le souvenir. L'attention est la première règle pour réussir dans un travail.

Germaine n'est pas plus intelligente que ses compagnes, elle n'a pas plus de facilités, et pourtant elle est souvent la première de sa classe. A quoi cela tient-il donc! A son at-

Rien ne la distrait.

tention soutenue. Quand elle travaille, rien ne la distrait : elle ne s'occupe que de son travail; elle s'y applique de tout son cœur. Lorsque la maîtresse explique quelque chose, elle écoute de ses deux oreilles. Aussi, ayant bien écouté, ayant suivi attentivement la leçon, elle comprend bien, et le devoir à faire devient pour elle facile. Celles qui, au contraire, ont été distraites, ont de la difficulté, et le plus souvent font mal. Le succès dépend donc avant tout de l'attention.

> Veut-on que du travail la peine soit légère,
> Il faut être attentif et ne point se distraire.
> Pour faire avec aisance un ouvrage parfait,
> Il ne faut s'occuper que du travail qu'on fait.
>
> J. RACINE.

LÉGÈRETÉ

La légèreté est le défaut qui consiste à ne pouvoir fixer son attention sur aucune chose sérieuse ou à ne l'y fixer que rapidement, pour la porter bien vite sur des frivolités, c'est-à-dire des riens qui ne fatiguent point.

Auguste est un petit étourdi incapable de réfléchir et de s'occuper attentivement de son travail. Aussi ses devoirs sont mal faits; il ne sait pas ses leçons et il est toujours puni.

« Auguste, lui dit sa maman, va dans ta chambre et apprends ta fable.

— Oui, maman. »

Il s'asseoit près de la fenêtre et ouvre son livre.

> La cigale ayant chanté
> Tout l'été,

. . . .

« Oh! Oh! une mouche sur mon livre », fait Auguste. Et ne pensant 'plus à la fable, il suit la promenade de la bestiole. La mouche s'envole. Alors Auguste recommence :

> La cigale ayant chanté
> Tout l'été,

. . . .

« Quel est ce bruit? » fait Auguste. Il se lève et regarde dans la rue. C'est une voiture renversée. Il veut voir si le cheval va se relever. Il attend, le nez collé sur le carreau. Le cheval, après bien des essais, se relève enfin ; la voiture s'en va. Auguste reprend son livre.

> La cigale ayant chanté
> Tout l'été,

. . . .

Bon, voilà que maintenant une musique se fait entendre : ce sont des soldats qui passent. Vous pensez bien qu'Auguste ne veut rien perdre de ce spectacle. Il revient à la fenêtre. Le défilé dure longtemps, mais Auguste veut tout voir : infanterie, cavalerie, artillerie, et le temps passe. Tout à coup la porte s'ouvre et maman paraît. Auguste a rapidement repris sa place.

« Eh bien, sais-tu ta fable? Donne-moi ton livre. Récite.

— Je ne sais pas encore bien, maman. » Tout de même il s'enhardit :

La cigale ayant chanté
Tout l'été,

. . . .

... Tout l'été... Tout l'été...

La cigale ayant chanté.

— C'est tout ce que tu as appris? Tu seras au pain sec à quatre heures. Et si tu ne ne sais pas ta fable tantôt, tu n'auras que de la soupe à dîner. »

Auguste est pourtant intelligent, mais il a le malheur d'être très léger : alors il est négligent, dissipé; il manque d'application et n'arrive à rien.

La légèreté est un défaut qui fait un grand tort, car elle empêche souvent de reconnaître les autres. Les défauts ressemblent, en effet, à des barrières placées de loin en loin, devant nous, pour nous empêcher d'arriver à la perfection. Il faut les abattre successivement pour entrer dans la bonne voie. Or, la légèreté est la première qu'il faut franchir. Enfants, brisez la barrière de la légèreté le plus tôt possible.

Questionnaire. — Qu'est-ce que l'attention ? — Qu'est-ce que la légèreté ?

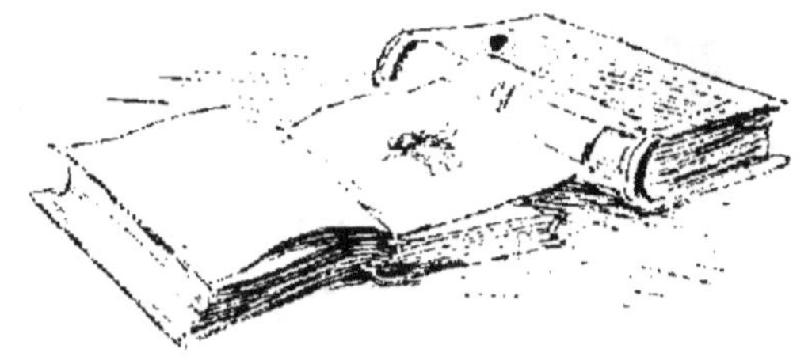

BONNE HUMEUR — MAUVAISE HUMEUR

BONNE HUMEUR

L A bonne humeur est la marque d'un bon caractère. C'est une espèce de gaieté douce, égale et constante. On reconnaît la bonne humeur à la simplicité des manières et aux efforts qu'elle fait pour être bonne et agréable aux autres. Dans une réunion de plusieurs personnes, la bonne humeur de chacun fait la tranquillité et la joie de tous.

Si vous me demandez pourquoi Gustave est recherché par tous ses camarades, je vous répondrai que c'est à cause de sa bonne humeur. Il n'est ni boudeur ni jaloux ni ta-

Il n'est ni boudeur ni jaloux.

quin ni méchant. Il supporte tout sans se fâcher. Il n'impose jamais ses préférences.

Comment acquérir la bonne humeur? demandez-vous. Tout simplement en chassant l'égoïsme, qui est l'amour de soi. L'égoïste ne pense qu'à lui, à son bien-être, à son plaisir, à son intérêt; il ne s'occupe pas des autres : leurs joies le laissent froid, leurs peines ne le troublent pas ; il ne rend service à personne. Alors peu à peu tout le monde s'éloigne de lui. Il en est chagrin, triste, son caractère s'assombrit; il devient de mauvaise humeur. Ne vaut-il pas mieux faire ce que Dieu commande : « Tu aimeras ton prochain comme toi-même. » C'est plus agréable pour le prochain et pour soi.

MAUVAISE HUMEUR

Geneviève ne peut pas supporter la contrariété. Tout l'irrite : son fil qui se casse quand elle coud, la page de son livre qui se retourne quand elle lit, la moindre observation qu'on lui fait. Pour un rien elle se met à pleurer. Son temps se passe en ressentiments contre quelqu'un ou en paroles amères contre quelque chose. Il en est ainsi parce que Geneviève a mauvais caractère; elle est toujours de mauvaise humeur. Aussi la pauvre enfant est bien à plaindre; ses compagnes ne l'aiment pas et ne jouent pas avec elle. Attristée d'être traitée ainsi, elle a demandé à Madame la Directrice, le moyen de conquérir le cœur de ses compagnes.

« Rien n'est plus facile, répondit celle-ci : soyez bonne, douce, patiente, modeste; ne soyez ni

Ses compagnes ne jouent pas avec elle.

jalouse ni égoïste. Vous acquerrez de la sorte de la bonne humeur et, par surcroît, l'amitié des autres. »

Questionnaire. — Qu'est-ce que la bonne humeur? — Comment peut-on acquérir la bonne humeur? — Qu'est-ce que la mauvaise humeur?

ORDRE — DÉSORDRE

L'ORDRE

'ORDRE est l'arrangement méthodique des choses. Dès qu'une place a été désignée pour un objet, cet objet, après qu'on s'en est servi doit être remis à la même place. J'ai vu dans le magasin d'un commerçant l'écriteau suivant pour rappeler l'ordre aux employés :

Une place pour chaque chose,
Chaque chose à sa place.

De cette manière, on n'a pas à chercher un objet dont on a besoin : on sait où le trouver. Dès qu'on a établi l'ordre, l'habitude l'entretient. Rien n'est plus utile. Que de temps perdu à retrouver un objet qu'on n'a pas remis à sa place.

Alice sait bien cela. C'est une petite fille soigneuse, qui aime l'ordre. Ses affaires sont rangées harmonieusement dans sa chambre. Ses livres, ses cahiers, son crayon, son porte-plume, l'encrier, sont toujours rapportés à la même place.

Alice a tant d'ordre qu'elle a la confiance de sa maman : c'est elle qui range son linge quand il revient du blanchissage : les chemises dans un tiroir, les bas dans un autre, les mouchoirs ailleurs, etc.

C'est elle qui range son linge.

Il faut avoir de l'ordre non seulement dans l'arrangement des choses, mais encore dans le travail. Il faut travailler avec ordre et méthode. Quand on passe, au gré de sa fantaisie, d'un travail inachevé à un autre, on peut travailler beaucoup, mais on ne produit rien. Que diriez-vous d'un menuisier qui, ayant commencé la confection d'un escalier, l'abandonnerait pour s'occuper d'une porte, et celle-ci, à moitié faite, la laisserait pour passer à un tabouret, puis commencerait la fabrication d'une table, puis d'une chaise, puis d'une armoire, etc. Ce menuisier pourrait travailler beaucoup, mais escalier, porte, tabouret, table, chaise, armoire, rien ne serait prêt quand il aurait fallu, et il perdrait le fruit de son travail.

L'ordre n'est pas seulement une économie de temps, c'est aussi une économie d'argent. Que d'objets perdus par le manque d'ordre, qu'il faut remplacer et qu'on retrouve trop tard.

Appliquez-vous à avoir de l'ordre, enfants; c'est une qualité aisée bien utile.

DÉSORDRE

Robert n'est pas soigneux; il ne se plaît que dans le désordre. Lorsqu'il revient de l'école, sa maman l'envoie dans sa chambre poser ses affaires de classe et changer de vêtements. Entrez dans cette chambre avant que maman y vienne en grondant

Robert ne se plaît que dans le désordre.

mettre de l'ordre. Quelle horreur! Un soulier est près de la fenêtre, l'autre est sous le lit; sa veste, accrochée à une chaise, traîne à terre; un de ses gants est sur la table, l'autre sur la cheminée; sa casquette se trouve sur la descente de lit. Quant à ses livres et à ses cahiers, il a jeté le tout pêle-mêle sur la table et la moitié est tombée par terre.

La maman se désole d'avoir un petit garçon si négligent. Pour lui apprendre l'ordre, elle a enfin pris le parti de le forcer chaque fois à ramasser et à ranger ce qu'il a jeté de tous côtés; et le temps passé à cela est pris sur sa récréation. Le voilà bien avancé. Un jour que sa maman était malade et que Robert avait tout laissé sens dessus dessous dans sa chambre, il lui fut impossible le lendemain matin de retrouver son *arithmétique*.

« Où ai-je bien pu la fourrer? » faisait-il en bousculant tout, car il était déjà en retard. Ne la retrouvant pas, il y renonça et partit. Mais il fut puni pour n'être pas arrivé à l'heure et n'avoir pas apporté son livre.

Quelle sottise que le désordre!

Questionnaire. — Qu'est-ce que l'ordre? — Est-il avantageux d'avoir de l'ordre? — Pourquoi? — Doit-on travailler avec ordre? — Pourquoi? — Qu'est-ce que le désordre?

PROBITÉ — VOL

PROBITÉ

La probité est une vertu qui consiste à ne faire aucun tort à son prochain. Celui qui est probe s'attache au bien et repousse le mal.

Georges est le petit garçon d'un honnête ouvrier qui gagne difficilement sa vie. La maman est même obligée de travailler de son côté. Aussi l'aisance n'est pas à la maison. On y vit avec économie. Malgré cela Georges n'envie pas ses petits camarades. S'il est habillé simplement, ses habits sont du moins très propres, bien entretenus, et ses souliers sont toujours cirés. C'est un bon élève : il travaille avec ardeur. Un jour, en revenant de l'école, il trouve un porte-monnaie. Il l'ouvre. Il contenait trois pièces d'or. Georges est d'abord ébloui. Songez donc : soixante francs ! Georges met le porte-monnaie dans sa poche. Je vous entends : vous protestez. « Voilà qui est bien malhonnête », pensez-vous. Ah, comme vous

vous trompez ! Le cher enfant presse le pas et il entre bientôt au commissariat de police du quartier, dont il est le voisin. Il se découvre. Il y a là une pauvre femme qui paraît bien émue.

Que voulez-vous ?

« Que voulez-vous ? demande-t-on au petit garçon.

— Je viens de trouver un porte-monnaie. Le voici.

— Oh ! mon Dieu ! s'écrie la personne qui était là. C'est le mien. Monsieur le Commissaire. Je le reconnais. Ouvrez-le : vous y trouverez trois pièces de vingt francs et une médaille de la Sainte Vierge. »

Cette personne était entrée justement chez le

commissaire pour le prévenir qu'elle venait de perdre sa bourse.

On vérifia. C'était exact. Le porte-monnaie fut remis à la pauvre femme qui pleurait de joie. Elle embrassa l'enfant.

« Je voudrais bien vous récompenser, mon ami, dit-elle, mais je n'ai que cela : c'est l'argent de mon loyer.

— C'est bien inutile, Madame, répond Georges. Il n'y a pas beaucoup de mérite à faire son devoir.

— Merci. »

Lorsque la femme fut partie, le commissaire félicita chaleureusement Georges de sa probité et le congédia après lui avoir serré la main.

Rentré chez lui, l'enfant raconta à ses parents ce qui venait de se passer; et ceux-ci, très fiers de la conduite de leur fils, l'embrassèrent tendrement. Le lendemain, un commissionnaire apportait une petite boîte à l'adresse de Georges. Celui-ci l'ouvrit; elle contenait un joli porte-monnaie où l'on avait mis une pièce de vingt francs et le billet suivant :

« A l'honnête petit garçon qui, sans hésiter, a accompli hier si gentiment son devoir. — De la part du propriétaire à qui le fait a été rapporté par sa locataire. »

Vous pensez si Georges était heureux. Quelle aubaine! Les vingt francs furent placés immédiatement à la caisse d'épargne. C'est une banque dirigée par l'État où les travailleurs peuvent porter leurs économies; elles produisent un intérêt qui s'ajoute aux sommes déposées.

On gagne toujours à faire son devoir, ne serait-ce que la satisfaction de sa conscience et l'estime des honnêtes gens.

VOL

Le vol, oh le mot abominable! On le prononce avec tristesse. Voler, c'est prendre sans être vu ou par force soit de l'argent, soit un objet quelconque à son prochain. C'est un vice qui ne fait pas seulement horreur : il est puni par la loi. Tout voleur qu'on a pu arrêter est jugé et condamné à la prison. Il est aussi grave de dérober une pomme que de voler de l'argent.

Prenez garde, enfants : il est une pente qui conduit au vol. On commence par prendre furtivement une plume, un crayon; puis on s'enhardit : on s'approprie un livre; on roule sur la pente, hélas! on vole enfin n'importe quoi. Si vous êtes tenté de

On commence par dérober une pomme.

dérober quelque chose qui vous plaît, enfants, appelez votre ange gardien : « Au secours, bon ange ! » Ne faites pas comme la malheureuse Camille dont je vais vous raconter l'histoire.

Les enfants, à l'école, se plaignaient depuis quelque temps qu'il leur manquait toujours quelque chose dans leur panier à goûter. Un jour, l'une ne trouvait plus la tartine de confiture que lui avait donnée sa maman; le lendemain c'est le chocolat qui manquait à une autre, etc., etc. La directrice voulant savoir si ces plaintes étaient justifiées, se dissimula un jour derrière un rideau, dans la salle où les paniers sont apportés par les élèves, et attendit que toutes fussent venues. « Je verrai, pensait-elle, si l'une fouille dans le

Dans l'un elle prend une poire.

panier des autres. » Voici enfin la dernière, c'est Camille. Elle pose son panier, puis ouvre deux ou trois de ceux des autres pour y choisir ce qui lui convient. Dans l'un elle prend une poire et dans l'autre un gâteau qu'elle met dans sa poche. Elle se disposait à s'en aller quand une voix qui semble sortir de terre, lui crie : « Halte-là, voleuse ! »

Camille est glacée d'épouvante, car la directrice étant restée derrière le rideau, elle ne voit personne. Elle tremble; elle est blême; elle n'ose pas bouger. Enfin la bonne directrice a pitié d'elle : elle se montre. Alors Camille, rouge de honte, confuse, se jette à ses genoux en pleurant et demande pardon. Elle fut généreusement pardonnée, à la condition qu'elle remplaçât, pendant autant de temps qu'il le fallait, ce qu'elle avait pris, par son propre goûter, et qu'elle se contentât de pain sec. Elle a tenu parole. Aussi quel étonnement fut celui de ses compagnes qui avaient été ses victimes, de trouver chacune à leur tour un goûter double dans leur panier.

Depuis ce jour, Camille aime la probité : elle a appris à ses dépens qu'il n'y a de sécurité que dans l'honnêteté.

Questionnaire. — Qu'est-ce que la probité? — Qu'est-ce que le vol? — Y a-t-il une différence de culpabilité dans le vol d'un objet léger et d'un objet important?

SOBRIÉTÉ — GOURMANDISE

SOBRIÉTÉ

A sobriété est une règle d'hygiène qui consiste à entretenir sa santé en bon état. La première chose pour cela c'est d'être sobre, c'est-à-dire de ne manger qu'autant qu'il est utile pour apaiser la faim, et de ne boire qu'autant qu'il est nécessaire pour satisfaire la soif. Car lorsqu'on mange trop et quand on boit sans modération, on se fait du mal. La sobriété a aussi l'avantage de fortifier le corps : elle le maintient léger et agile.

Élise est un modèle de sobriété. Lorsqu'elle juge qu'elle ne doit plus manger, elle refuse poliment les meilleures choses du monde. Elle fit l'étonnement, un jour, des personnes qui avaient prié ses parents à dîner. Elle avait accepté de tout un peu, comme doit le faire une personne bien élevée. Ce n'est que lorsque les desserts arrivèrent qu'elle se réserva, et en cela, elle observa encore les règles de la bienséance : car il n'y a que les gourmands qui acceptent de chacune des friandises nombreuses qui ornent une table à la fin d'un bon repas. Ils étaient justement nombreux les desserts : fruits variés, compotes, gâteaux, crème au chocolat, glace à la vanille, d'autres choses encore. Tout cela était bien tentant. Mais Élise songea à la fois à la discrétion qu'elle devait observer et à la retenue que la sobriété commande. Elle n'accepta que de la crème et un quartier de poire.

Élise est un modèle de sobriété.

« Ah! Madame, dit la maîtresse de la maison, à la maman d'Élise, vous avez une petite fille bien raisonnable. Refuser des friandises est rare à cet âge. Cette enfant montre une volonté ferme qui lui sera dans la vie d'un grand secours. Eh bien, c'est moi qui préparerai pour demain le goûter de cette aimable petite. » Élise dut emporter, en effet, un petit panier bourré jusqu'à l'anse.

Pour un léger sacrifice, Élise avait eu trois gains : elle avait évité une indigestion; elle était contente de soi; elle avait gagné l'estime et la sympathie de l'amie de sa maman.

GOURMANDISE

La gourmandise est un défaut grossier qui consiste à manger avec avidité et avec excès. René a ce vilain défaut. A table, lorsqu'on apporte quelque chose qui lui plaît, par exemple un gâteau, ses yeux brillent de plaisir. Il ouvre la bouche comme s'il voulait l'avaler tout entier. Il

Croyez-vous que le petit gourmand se servit proprement.

suit des yeux les morceaux que sa maman coupe pour les distribuer à sa sœur, à son frère et à lui. Il craint d'avoir le plus petit. Et si le plus petit, par hasard, lui est donné, il boude : Monsieur René n'est pas content. Ce petit garçon est si gourmand, qu'il ne recule point devant la mauvaise action d'aller fouiller dans le buffet, pour y dérober un reste de dessert, quand on ne le voit pas. Un jour sa maman avait préparé deux pots de pruneaux. René avait remarqué qu'on n'en avait servi qu'un à dîner. Lorsque tout le monde fut sorti de table, René retourna à pas de loup dans la salle à manger. Le second pot y était. Croyez-vous que le petit gourmand se servit proprement dans une assiette avec une cuiller? Non, non, il n'avait pas le temps. Il mangea à pleine main. Il ne s'arrêta que lorsqu'il ne put plus avaler. Enfin, il se sauva. Depuis longtemps son frère et sa sœur dormaient que lui n'avait pas encore fermé l'œil. Il se tournait et se retournait sans cesse dans son lit, mal à l'aise; puis le mal de cœur vint et il souffrit beaucoup. Il finit par pleurer si fort et se plaindre tant qu'il éveilla tout le monde. Sa maman accourut.

« Oh! j'ai mal, maman », fit-il. Celle-ci, approchant la bougie, vit soudain une petite figure barbouillée de jus de pruneaux. Elle comprit. « Le polisson, pensa-t-elle, aura fait une visite au second pot de pruneaux. » Elle va vérifier le fait. Justement il ne restait presque plus rien. Vous pensez si notre garnement fut grondé.

« C'est bien fait! vilain gourmand », lui dit sa maman. On lui donna une tasse de thé et on l'abandonna à son mal. Il se plaignit pendant toute la nuit.

Si vous êtes tenté par quelque friandise,
Craignez, en succombant, de vous faire du mal.
Un instant de plaisir peut devenir fatal.
Et bientôt la douleur punit la gourmandise.

MOLLEVAUT.

Questionnaire. — Qu'est-ce que la sobriété? — Quel est l'avantage de la sobriété? — Qu'est-ce que la gourmandise? — Quel est souvent le résultat de la gourmandise?

ENFANT BIEN ÉLEVÉ
ENFANT MAL ÉLEVÉ

ENFANT BIEN ÉLEVÉ

TRE bien élevé, c'est avoir été formé par l'éducation, qui est la connaissance des usages de la société.

Hortense est bien élevée. Elle est polie, douce, gracieuse; elle a du respect pour les choses sacrées, c'est-à-dire qu'elle se tient convenablement à l'église et y prie sans distraction; elle respecte ses parents et ses maîtresses; elle se respecte soi-même, c'est-à-dire entretient sa santé par la tempérance, la propreté et les exercices corporels, et elle observe la décence et la simplicité dans ses vêtements tenus toujours très propres. Elle a un maintien convenable. Elle se gêne pour ne pas gêner les autres; elle est soumise à ses parents et à ses maîtresses; elle est prévenante envers tout le monde. Elle ne parle que lorsqu'elle est interrogée; elle est discrète. Elle salue les personnes qu'elle connaît et les laisse passer devant elle ; elle cède le pas aux gens âgés. Elle ne choisit pas la meilleure place quand elle monte en chemin de fer : elle laisse d'abord passer ses parents et ses

Elle ne parle que lorsqu'elle est interrogée.

amis. Elle ne se moque de personne ; elle aide quand elle le peut une dame embarrassée. Enfin, c'est une fillette bien élevée : aussi elle est aimée de tout le monde. Les gens bien élevés sont, dans la société, comme les fleurs dans un terrain où il a poussé des chardons. Les chardons représentent, eux, les gens mal élevés.

ENFANT MAL ÉLEVÉ

Les gens mal élevés sont ceux qui manquent d'éducation; ils ignorent les règles de la bienséance; ils ne savent pas ce que c'est que la politesse. On s'éloigne d'eux comme d'un buisson d'épines.

Armand est mal élevé. Il est impoli, c'est-à-dire qu'il a un langage rude et des manières grossières. Il entre dans une église la casquette sur la tête : il ne songe à se découvrir que lorsqu'il a trouvé sa place. A l'un de ses camarades qui lui demande quelque chose, il répond, s'il est mal disposé : « Tu m'ennuies; laisse-moi tranquille. » C'est à peine s'il respecte ses parents et ses maîtres; il est fier avec ses camarades dont les parents sont moins riches que les siens. A ce propos, il s'est fait donner il y a quelque temps une leçon.

A un nouvel élève, arrivé récemment à l'école, il posa cette question :

« Qu'est-ce que fait ton père?

— Il est épicier, répond son nouveau camarade.

— Épicier!... Oh là! là! peut-on être épicier... Le mien est bien mieux : il est libraire. »

Le petit rougit un peu sous l'affront, mais il se remet vite, et au lieu de se fâcher, il lui dit avec ironie à son tour :

« Alors ton père doit vendre toutes sortes de livres?

— Mais oui.

— Eh bien, mon vieux, demande-lui qu'il te prête un manuel de politesse ; tu y liras ceci : il n'y a pas de sots métiers, il n'y a que de sottes gens. »

L'autre, vexé, lui tourna le dos. Revenons aux défauts d'Armand.

Il n'a aucun soin de ses habits toujours couverts de poussière et tachés

—Demande-lui qu'il te prête un manuel de politesse.

d'encre ; sa figure et ses mains sont sales. Il est gourmand : lorsqu'on lui offre quelque chose qu'il aime, il en redemande plusieurs fois. Un jour, une dame arrive chez sa maman avec un sac de belles pêches ; elle en offre une à Armand. « Oh ! j'en mangerai bien deux », fait-il. Est-il en visite avec ses parents chez quelqu'un ? il bâille au bout de quelques minutes à se décrocher la mâchoire, et il ne songe pas à mettre la main devant sa bouche : c'est bon pour les gens polis. « Allons-nous-en, maman, fait-il ; je m'ennuie. » Quelquefois il se plante devant quelqu'un et le dévisage effrontément. Il a une habitude malpropre : il se fourre à chaque instant un doigt dans le nez. C'est un enfant insupportable que personne n'aime. Il sera bien malheureux quand il sera grand s'il ne change pas, car il n'aura point d'amis. Dès qu'on s'aperçoit que quelqu'un dont on vient de faire la connaissance est mal élevé, on fait dire qu'on n'est pas chez soi lorsqu'il revient vous voir.

Questionnaire. — Qu'est-ce qu'être bien élevé? — A quoi reconnaît-on que quelqu'un est bien élevé? — Qu'est-ce qu'être mal élevé? — A quoi reconnaît-on que quelqu'un est mal élevé?

LA RECONNAISSANCE

L A reconnaissance dirige notre cœur vers celui qui a été bon pour nous. L'ingratitude, au contraire, ferme notre cœur au souvenir d'un bienfait reçu. Il n'est pas difficile d'être reconnaissant, car c'est un plaisir pour un bon cœur de penser à celui qui l'a secouru ; il le revoit toujours avec joie, tandis que l'ingrat est gêné par sa présence. L'ingrat croit se décharger d'un devoir en oubliant volontairement le bien qu'il a reçu ; il ne fait que se durcir le cœur, et il devient égoïste. Or, comme on n'aime pas les mauvais cœurs ni les égoïstes, l'ingrat est victime de sa coupable conduite.

Un jour que Félix revenait à la maison avec sa maman, il aperçoit un petit garçon de son âge qui mendiait. Il avait une figure franche et sympathique. On devinait à sa maigreur, à ses traits fatigués, qu'il ne devait pas manger tous les jours. Ses habits usés jusqu'à faire la frange, étaient cependant propres, mais il n'avait aux pieds que de mauvais souliers et sa tête était nue.

« Oh! le pauvre garçon, dit Félix. Regarde, maman, comme il a l'air malheureux. Veux-tu me permettre de lui donner ma bourse?

— Oui, mon enfant. Et je suis heureuse de voir que tu es sensible aux maux de ton prochain. Je t'en félicite. Va.»

Félix court aussitôt vers le petit mendiant et verse son porte-monnaie dans ses mains.

« Tenez, fait-il, prenez tous mes sous. »

Tenez, fait-il, prenez tous mes sous.

Ému, heureux, le petit garçon sourit et remercie. Félix retourne près de sa mère. A peine y arrive-t-il que le pauvret l'a rejoint.

« Excusez-moi, Monsieur, dit-il, avec vos sous vous m'avez donné une pièce de deux francs. La voici.

— Tant mieux, répond la maman, gardez-la, mon petit ami... N'est-ce pas, Félix?

— Oh oui, maman. Il est bien honnête. Aussi je lui donne encore mon goûter. Prenez.

— Un gâteau ! merci. Je le donnerai à maman qui est malade.

— Bon petit cœur, murmure la maman de Félix, que Dieu vous protège.

— J'ai une idée ! s'écrie Félix. Je serais bien content de lui donner mes habits qui sont trop petits : ils lui iront, puisque je suis un peu plus grand que lui. Tu veux bien, n'est-ce pas, maman ?

— Oui, c'est une bonne pensée. Venez avec nous, mon enfant. »

Un moment après, le petit mendiant habillé des pieds à la tête était méconnaissable. Il pleurait de joie. On le renvoya ensuite à sa maman, avec un gros paquet de provisions, et la promesse qu'on allait lui chercher un emploi pour gagner honnêtement sa vie.

Jamais Félix n'avait été si heureux. Il avait appris combien il est agréable de faire le bien. Il avait senti qu'il ne suffit pas de faire l'aumône : il faut faire la charité, cette vertu qui porte à faire ou à désirer le bien d'autrui. Car ce n'est pas grand'chose que de donner de l'argent : ce qu'il faut, c'est aimer les pauvres et s'intéresser à eux.

La maman de Félix eut la satisfaction de placer le petit garçon chez un commerçant du voisinage. Quand il rencontrait ses bienfaiteurs, il les saluait avec respect.

Quelque temps après, Félix et sa maman passaient devant la boutique où travaillait leur

protégé, lorsqu'un énorme chien, la gueule ouverte,
la langue pendante, les yeux en feu, se jette sur
le garçonnet. La maman essaie sans y parvenir de
dégager son fils. A ce moment précis, l'ancien
petit mendiant sort et voit la scène. Il reconnaît
Félix et sa mère. Alors il s'élance et il se jette avec
courage sur le chien qu'il serre à la gorge de toute

Il se jette avec courage sur le chien.

la force de ses petits poignets. Aussitôt le chien
tourne sa fureur contre lui et le mord cruellement.
Mais Félix est sain et sauf. Quelques personnes
attirées par le bruit firent lâcher prise au chien
qui se sauva. Par prudence, on conduisit le petit
brave à l'Institut Pasteur qui soigne la morsure
des chiens enragés. Ce ne fut heureusement rien.

L'enfant que la maman de Félix avait tiré de la misère avait prouvé sa reconnaissance.

Supposez qu'au contraire ce petit garçon, spectateur du danger que courait Félix, se fût détourné pour ne pas s'exposer à être mordu, il eût ainsi fait preuve d'ingratitude.

Si vous saviez combien notre petit mendiant est heureux depuis son exploit, depuis qu'il a pu montrer sa reconnaissance! C'est que la reconnaissance est un devoir très doux. Vous aussi, enfants, vous devez être reconnaissants. Votre gratitude doit aller d'abord à vos bons parents qui ont eu tant de mal à bien vous élever. Vous ne saurez jamais tout ce qu'ils ont souffert pour vous. C'est à force de fatigues, de veilles et de soins qu'ils vous ont conservé la santé. Combien de fois, quand vous étiez tout petits, votre maman dut vous bercer dans ses bras lassés pour vous endormir, quand elle-même tombait de sommeil. C'est à force de travail que votre papa peut gagner l'argent nécessaire à la maison où vous augmentez tous les jours un peu plus la dépense. Vous n'aimerez jamais trop votre papa. Vous ne chérirez jamais assez votre maman.

Vous devrez encore, petits garçons et petites filles, être reconnaissants à vos bons maîtres et à vos bonnes maîtresses. Vous ne voyez maintenant en eux qu'une autorité sévère créée pour vous contrarier et vous forcer à étudier, lorsqu'au lieu d'être enfermés dans une classe silencieuse, il ferait si bon de jouer bruyamment au soleil. Et pourtant, si vous saviez ce que vos maîtres et vos maîtresses ont de peine à vous apprendre quelque chose et combien il leur serait plus agréable à eux aussi d'aller se promener. Si vous saviez combien l'instruction vous sera nécessaire...

Mais vous vous en doutez bien, n'est-ce pas? Aussi, désormais, je le lis dans vos yeux purs et candides, vous serez doux, patients, studieux. Votre attention et votre application seront le remerciement que vous devez à vos maîtres et à vos maîtresses, et vous leur garderez plus tard, dans vos cœurs, une reconnaissance émue.

Questionnaire. — Qu'est-ce que la reconnaissance? — Qu'est-ce que l'ingratitude? — La reconnaissance procure-t-elle un avantage? — Lequel? — L'ingratitude est-elle avantageuse?

TABLE DES MATIÈRES

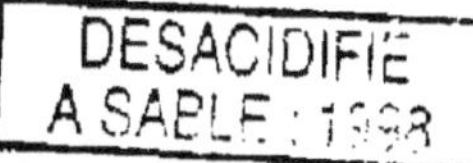